두 힘이 숲을 설레게 한다

두 힘이 숲을 설레게 한다

손진은 시집

민음의 시 43

민음사

自序

—장작 패기

가끔 홀로 되신 어머닐 도와 하는 장작 패기는
존재의 근원에 가는 길을 가르쳐 준 것 같다.
어쩌면 노동은 '가벼운 상승의 순간' 을 위해 필요한 것인지도 모른다.
의지며 욕망마저도 빼 버린 도끼날의 힘
나뭇결 심장의 불꽃에 가닿을 때, 전율처럼 일렁이는.
하여 사상(事象)들 외피만 건드려 피 흘리게 한 언어들엔 미안해진다.
하기야 이 정도 더미라도 어떻게 쌓을 수 있었겠는가.
『시론』으로 날〔刀〕 세우는 법 가르쳐 주시고,
지금도 흘린 코 닦아 주시는 곁의 선생님.
『하남시편』으로 온통 외지를 떠돌게 했던 분이나
송형을 비롯한 시인들.
학교와 집안 '모도 따시한' 어른들 음덕 아니라면.
드릴링 머신이나 무지하게 잘 드는 날 어디서 구해 올 수는 있으리라.
허나 그렇다고 사상의 '결' 에 '서린' 그들 가슴 만날 수 있을 것인지.
타고난 날, 눈물로라도 벼리며 가리라. 날 바꿀 수야 없지 않은가.
물끄러미 지켜보시는 그분,
이사야의 부젓가락으로 내 시 입술을 지져 주실 것이다.

1992년 4월
손진은

차례

숲

—서시

부챗살 모양 잎을 늘어뜨린 채
큰 나무가 그늘 드리울 때
작고 앙증한 줄기 끝에 여린 잎들이며 꽃을 매단
어린것들 날아오르려 퍼득거린다
솟아오르고 누르려는 두 힘이 숲을 설레게 한다
이 두근거리는 몸짓들 사이로 스며들어
그 속에서 자라는 죽음이며 상처까지를 어루만지는 햇살
전율하는 숲이 반쯤은 솟아오르고
반쯤은 스스로를 억누를 때
열려진 사물들 속에서
잎파랑처럼 알 수 없는 느낌으로 떠는 모든 육체들
그 힘으로 구름은 하늘에 천천히 흐르고
그 힘으로 가볍게 떠 있는 공중의 새들

집 1

소리는 의미의 두꺼운 형체를 깬다
우리가 지난밤의 숙취에서 깨어나듯
집, 이라고 우리가 말할 때
그것이 어찌 존재를 누이는 처소일 뿐이랴
나는 언어의 표정을 말하고 있을 뿐이다
흘러가는 물처럼 낮은 포복으로 걸어가는 소리의 행렬
그때 가만히 사물이 내쉬는 숨소리
그 속에 들어가서
수직 혹은 수평으로 혹은 그것들 둥글게 감싸는
언어의 표정
마침내 스며드는 햇살과 숲 안개 새소리까지
집 한 채를 짓기 위해서는 지상의 집이라는 형체를
버리지도 간직하지도 말아라
집으로 이르는 우리의 생각
마침내는 그 버림까지
그리하여 자유롭게 하라
언어 스스로 집을 찾아 나서는 여행
그 오랜 행려 속에서 집이 한 채 지어진다
지상의 뜨거운 집 대신 언어의 육체가 들어가 쉬는
서늘한 집!

미루나무

그것이 바람의 언어 탓만일까
나태와 욕망에 가볍게 취해 있는 미루나무
이파릴 한껏 부풀어 올렸다가는 이내 숙연해진다
푸른 가지며 잎들
살아온 날들 살아갈 날들
아득히 펼치며 전율하는 저 힘!
죽음이 밥찌끼처럼 그 욕망 다 받아먹고
늠름히 자라는 것까지도 다 알아차린 듯한 얼굴을 하고
쉴 새 없이 신생의 잎들 밀어내는,
시간의 은린(銀鱗)을 흔들어 대며
반쯤은 잠에 취한 듯 흔들리는 미루나무
불안 쪽으로 몸 내맡기다가
이내 균형을 잡아 가는
위로는 하늘과 서늘히 내통하고
아래로는 그늘이며 죽음까지를 끌어들이고 있는
오오 그 속에 키우는 새들 불안한 잠
솜털처럼 부드럽게 다독거리며 출렁이는
삶과 죽음 넘어
어떤 속살의 내면을 흔드는

콩깍지 혹은 집

어떤 힘이 그를 잡아당기는 것일까
몇 남지 않은 햇살이 문을 두드릴 때
나태와 욕망에 가볍게 물들어 있는 영혼들
두근거리는 숨결로 술렁거린다
여린 빛줄기며 구름 이슬과 바람 속에서
그들 몸을 키울 때 따라 커 가는 집들
마침내 그 속의 현기증 나는 시간과 공간들이
참을 수 없이 팽창되고 집중될 때
그들은 폭발한다
허공으로 튀며 하늘을 찔러 버린다
오래 침묵하던 사람이 갑자기 말을 쏟아 놓듯
가장 힘 있는 탈출은 가장 압축된 존재에서 이루어지는 것
꿈꾸는 영혼에게 감옥을 만들어 보라
세계가 단단할수록 우리는
그 속에 늑대 한 마리 키우는 것이다
덥석 우리 허튼 인식의 벽을 허물어 버리는

시

바람이 불 때
우리는 다만 가지가 흔들린다고 말한다
실은 나무가 집을 짓고 있는 것이다
심연의 허공에 뜨거운 실체의 충만함을 남기는.
도취와 나태 속에 취해 있는 듯하다가도
그림을 그리듯 하늘에
기하학적인 공간을 각인하는 나뭇가지
처음엔 가질 따라 움직이다가
어느덧 그 흔들림 관찰하는 나무의 눈
마침내 눈의 중심과 흔들리는 가지가
하나의 사이로 존재할 때
현기증 나는 그 공간과 시간을 채우며
숨 쉬고 물결치며 팽창하는 언어
완벽한
그러나 무익한 듯 보이는
물질적인 문장의 향기
그 힘으로 나무는 날아가는 새들 불러들이기도 하고
힐끗거리며 지나는 구름 얼굴 붉히기도 하고

저물 무렵

안개가 스며든다
주사액이 온몸에 퍼지듯
반쯤은 투명하고 반쯤은 질척하게
환상과 의미가 마력을 바꾼다
담배를 피우는 집들이 하나 둘 창을 깨우며
그려 내는 상형문자
내리는 어둠과
실신한 듯 풀어져
사물들 음악처럼 뿜어 올리는 향기의
두 힘이 저녁을 물들인다
새들이 알 수 없는 그 기운 물고 날아오르고
하늘엔
지상의 모든 풍경 피어 올라
움직이는 건축, 붉은 구름
미세한 그러나 정교한 삶의 눈〔眼〕처럼
그 틈을 비집고 돋아나는 별들!

꽃피는 소리

꽃이 열리고 있었다
한없는 어둠이 지켜 주고 있는 밤
찻잔 받쳐 든 손 주변으로 모이는 떨림으로 알았다
눌렀다가는 금세 빠져 달아나는 광택 없는 나날
질식할 만한 두껠 가볍게 들어 올리며
섬광처럼 존재의 항구를 열 때
외피의 그림자들은 주변을 싸고 돌고
오랫동안 그 앞에서 머뭇거렸던 기호의 경계선 지우며
부재 속에서 눈뜨는 검은 진주, 말들
결별의 감미로움 속에
세상은 다른 쪽으로 빠져나가고
딱지 앉은 자아의 살가죽 뚫으며
꽃이 하나 불쑥 떠올랐다

장작 패기

뚱한 표정으로 그들 꼼짝도 않고
죽음을 가장한다
표현할 수도 없는 욕망의 자락들
옆구리 발갛게 물들여도
상념의 잡다한 부스러길 안고 내리치는 도끼에는
그렇다 존재의 그림자는 빙빙 돌고만 있으리라
어쩔 수 없이
죄 없는 길가의 나뭇가지만 잎 떨어뜨리리라
하여 그대는 부재를 안고 쩔쩔맬 터이지만
예기치도 않은 순간에 그들 존재 열어 줄 때
나뭇결 피 속에 새겨져 나오는 몇 마디의 말들
현존의 뜨락으로 그댈 데려가리라
그러나 욕망은 나뭇결 상처를 굳게 한다
비 바람 어둠 햇빛마저 쟁여 둔 탄식으로
마침내 그대 손끝에
넋마저도 벗어 버린 어슴프레한 불꽃의 힘 실릴 때
갖다 대기만 해도
설레며 열리는 그 소리가
곪아 가는 네 존재의 시간에 새살 돋게 하리라

콩나물

밤새 물을 준 적도 없는데
대체 무얼 먹고 그렇게 자라는 것인가
자고 나면 몰라보게 키가 커진 머리통 내어미는 콩나물
이란 놈들!
까닭은 이렇다
짧은 욕망의 목 축임에 이은
갈증의 긴 시간을 연둣빛 갈망의 의지로
틔워 올리기 때문이다
아니다 자세히 보면 그렇지만도 않다
삶의 촉수 공(空)에 조심 뿌릴 내리고는
곰국 속의 고깃덩어리처럼
물(物)의 열반에 취해 허우적거리는 우리들 욕망
비웃는 그 웃음이 노랗게 살이 쪄 돋아나는 것이다
질척하게 몸 적시는 물(物)
무슨 쓰레기인 듯 쏟아 내리면서
온몸 하나의 끈으로 묶인 채로
그들은 수런거린다
물에 담그고 있는 몸은 썩는 법이라고

중심, 도처에 우글거리는

어떤 힘이 끌어당긴 것일까
혹은 어디로 난 세미한 길을 따라가 버린 것일까
안경이 사야에서 사라져 버렸다
외출 준비를 서두를 때쯤
화장대와 책상 사이 어디
다소곳이 놓여 있던 그가

습관과 이성의 독재로부터 탈출한
어쩌면 길을 잃어버렸을지도 모르는
놈은 어느 구석에서 내려 쌓이는 먼질 향기처럼 맡고 있을 것인가
내가 알아들을 수 없는 어떤 소리로
웅얼거리고 있는 것일까
내 오감은 그 행방을 수소문하고 있다만

무서워지기 시작한다
손가락의 세포들 속에서도
나태와 무기력 속에 취한 존재를 흔들어
습관과 이성 반란하는 어떤 힘이 숨쉬고 있다는 것이

아득해지며 나는 생각한다
놈이 내 기억과 촉각을 미끄러져 나갔을 때
내 육안의 사물의 질서는 깨지며
그때 닫혀졌던 진실의 세계가 빼꼼히 얼굴을 내밀고
그들 중심의 새로운 질서를 만드는 것은 아닐까

하여 내 품을 떠난 그가
나태와 욕망으로 물든 사물들 어깰 툭툭 치며 깨울 때
모든 사물들 그들의 풍요와 자유를 위해
일시에 부풀어 오르며 넘쳐흐르는 것이겠지
이때 우리가 항용 어지럽혀졌다고 부르는 세계는
더 높은 질서로 팔딱팔딱 숨쉬는 것이겠지
그렇다면 중심은 도처에 우글거리며
어느 곳에도 있지 아니하는 것이 아닐까

생각의 실타래가 여기까지 풀렸을 때도 안경은 여전히
나오지 않고
집을 나선다 나는
약속 시간에 떠밀려
어디 구석쯤에서 놈이 부르는 알 수 없는 소릴 뒤로

하고
  더러는 전봇대에 부딪쳐
  앞 못 보는 내 젊음의 아슬한 균형 잡기도 하면서

먼지의 유혹

—선친 서재에서

미닫이문을 열었을 때
빼꼼히 밀고 들어온 햇살의 길 가운데서 일렁거렸다
빛 닿지 않던 공간의 품속에서
속살 보이지 않던 그들이

빗자루 촘촘한 올 빠져나와 구석으로 이살 왔으리
그리곤 시간의 시퍼런 살들 다 마시었으리
이제는 낡아 쓸모없게 된
책장이며 장롱들 틈에 더께처럼 얹혀

이 방 주인들은 다 나가 버렸다고 말하지만
천만에
외로운 그 무수한 소리들과 몸의 형체들이
고요 속에 뚫린 기공들 채우며
숨소리 굵게 하는 것
문득 정신의 안쪽으로 이어진 핏줄,
핏줄 같은 걸 따라
내어민 우리들 손등이 데워진다

우리가 항용 어둠이라고 불렀던 것들이

이렇게 번뜩일 수 있다니
우리의 눈과 어둠을 열며
사물의 뿌리, 사상(事象)의 눈들을 환하게 보여 줄 때
시간은 또 고요 속에서 배때기 파들거리며 환히 타오르다가
더러는 아득한 물소리로 우리 시린 어깨까지를 다독이는
참 편안한 정신의 가열(加熱)

그러면
점점 커져 나가는 쓸쓸한 내 두 귀는 엿듣겠지
따스한 체온으로 불타는
한 무더기 고요며
우리들 삶의 깊이와 죽음의 표정까지를
아침마다 쓰레받기에 담겨지는
우리가 역사라고 부르는,
소리나는 쪽으로만 향하던 우리들 귀와 눈을 씻으며
미세한 길을 따라 들어와 보아 그대여

알 수 없는 그늘과 향기 속에
서늘히 스며들다가 드디어는 우리들 의식이

작은 입자가 되어 떠돌 때
우리들 보이지 않는 눈길의 더께 벗겨지며
문득 살아 있다는 느낌 온몸으로 전해 오고
전통이며 추억이라는 것도
우리들 핏줄 그렇게 풀무질해 대며
새벽하늘처럼 동터 오는 것

집 2

그때 하늘은 내게 하나의 집이었더랬습니다
등성이에 누웠다가 일어났을 때
앞에 막아선 자작나무들은 현관이었구요
하마터면 손으로 하늘 짚을 뻔했지요
그 집의 자식들
바람의 목소리와 어린 햇살 웃음소리 속에서
딱따구리가 현관에다 소릴 쪼고 있었어요
이윽고 해가 소리치며 산을 넘어갔을 때
어둠은 또 하나의 이불
사각 상자에 실려
누에고치처럼 우리는 굴러왔었지요
내 방 사각형의 어둠 속에 던져졌을 때 내 귀에 고리를 이루는
옆방 아저씨 못 박는 소린 영락없는
딱따구리 소리. 집은 호흡을 한다
상자에서 하늘까지
더러는 솟구치고 더러는 누르기도 하면서
공기처럼 가벼운 숨결을 가진 집들
자연! 하고 내가 외쳤을 때
그 소리의 파문 속에서
상처입은 말들 집을 지었지요

개

개를 잡아야겠다고 안방에서 식구들 입을 모은 날
놈은 종일 돌아오지 않았다
(우리의 말을 알아들은 것인가)
점심을 먹으러 들어온 이웃집 개를
대신 달아매었다
아파트 문고리에 투웅퉁 빨랫방망이로
놈의 머릴 두들길 때 들리는 음울한 소리
이제는 우리들 볼모가 된 개의
껍데기를 태우고 밖에 걸어 논 솥에서 떠 온
보신탕 불어 가며 먹으면서 생각했다
인간들 결정 하나로 운명이 갈라지는 개들이
우리의 포로인가
이웃집 개를 보고 처음 결심이 바뀐
우리들이 정작 개의 포로인가
대신 죽은 개의 살코기를 씹으면서 줄곧 그 생각을 했다
아침에 나간 개는 돌아오지 않고
매일 마을을 몇 바퀴나 돌아도 나오지 않던 개가
사흘째야 비에 젖은 채로 들어오는 것이 아닌가?
먹다 남은 뼈다귀를 던져 주는 우리들 손
코로 냄새를 맡더니 돌아서는 저놈
그래, 저놈은 틀림없이

제 친구의 것인 줄 알고 있어
저놈을 보아 나지막하게 콧김을 뿜으며
제집 주위를 슬슬 배회하는 모습을 보아
다가서서 놈의 입에 그 뼈다귀 갖다 대니
주저주저하다가 체념한 듯 입에다 문다
훈육주임인 듯
으드득 으드득 그놈은
우리들 자존심까지를 긁고 있었다

그늘

덫에 걸린 짐승처럼
햇살이 소나무 잎 그물에
퍼덕거리고 있었다
오후였고
학생들 몇이
(알고 보니 그들은 수의대 학생들이었다)
염소의 혈관 찾는 실습을 하고 있었다
네 다리와 목을 내어맡긴 어미
바늘이 잘못 찔릴 때마다
학생들 손바닥에 덮여 삐어져나오는
울음 흐르는 쪽으로 내 귀는 트이고
영문도 모르는 그 옆의 새낀
학생들 발등을 핥고 있었다
기다리다 못해
무릎에 깍지를 끼고 앉은 여학생이
이제 그만 가지
실밥 터지는 소리로 말했다
길 건너에는 상춘객들로 들끓고 있었다
그 일은 숲에서 이루어졌다
솔바람 소리에 가려 파스텔 빛
그 울음소리는 들리지 않았다

집 3

증발되는 삶처럼 이루기사 어렵다고 하더라고
내 노래는 집을 짓는다
한번 잘못 건드리기라도 하면
모든 소리들 깨어나 새로운 몸짓으로 날아가 버리는 집
하강하고 상승하는 음률이 돌며 섞여 기둥을 이루고
뻗어 나가려는 힘과 풀어지는 힘들이
결합할 준비를 갖출 때
부드럽게 물결치는 긴장된 소리의 선!
자음들의 거칠고 성급한 몸짓이
모음들의 따뜻하고 편안한 가슴에 기대어 안식을 찾는
더러는 공중으로 이어진 자음의 허리를 타고 모음이 흐르는
이 마술적인 육체의 호흡
대기가 허파 가득히 말들을 빨아들일 때
부풀어오르는 가슴처럼 파닥이며 차고 오르는 말들
내리누르는 말들
천상의 별들 여린 입자들이 내려오고
지상의 따뜻한 기운들 올라갈 때
피어났다가 사그라들고
사그라들었다가 다시 피어나며
과일처럼 익어 가는 집들!

초당독서도*

그림을 보고 있다
생각은 수백 년 전의 과정을 한가하게 따라간다
그림은 전체적으로 왼편으로 치우쳤다
가늘게 뻗은 나무들 숲을 이루어 산속이다
중경엔 낡은 초가집 하나
방문은 열린 채로 선비가 글을 읽고 있는데
그 소리 향기가 난다
왼편 근경의 불쑥 튀어 오른 언덕 어린 소나무
일순 낭랑한 그 소리에 귀가 쭈뼛
몸은 기우뚱 오른쪽으로 잦아들고
처마 아래에는 다동(茶童)이 하나
쪼그리고 앉아 차 끓기를 기다리다 못해 잠든다
시간은 그대로 흘러
어린 나무가 화면 가득 오른쪽으로 기울어지면서
고갤 방 안까지 기웃거릴 정도다
눈빛은 주름이 잡혔고 줄기엔 용 비늘이 달렸다
소리는 점점 낭랑해지고 나무의 귀는 점점 커진다
선비가 글 읽기를 그칠 때는 언제일까
소나무 선비의 몸 하나가 될 때
기웃거리는 소나무의 몸짓, 한줌 재로 꼿꼿이 서 있는
선비의

몸 어루만질 때 폭삭 내려앉고 말겠지
밝은 기운 감도는 담채 색 소나무 슬기로운 그늘이
선비의 얼굴에 어른거릴 때
잠든 채로 다동은 정물이 되어 간다
그는 독서하는 풍경을 그린 게 아니라
선비의 생애를 그렸다 지울 수 없는 뜨거운 한 포기

* 草堂讀書圖. 조선 후기 화가 이명기의 그림.

기수법

시작부터 흔들리기 시작했다
곧 중학교 일학년이 되는 조카와 함께,
굳어진 인식 아슬하게 벗어나
이진법이며 오진법 그 말랑말랑한 길 따라가다가도 어느새
십진법 그 편안한 그늘에 쉬고 있을 때마다
삼촌 여기예요 여기
어느새 저만치서 손짓하는 조카 인식의 입구를
부끄러이 바라보며 버둥거린다
습관의 익숙한 틀로도
더하고 뺄 수 없는 세계가 있다는 것은 놀랍다
우리들 인식이란 착반하기에 따라 얼마나 달라지는가
얼핏 다르게 보이는 일상의 외형들도
사실은 안 보이는 곳에서 더 깊이 손잡고 있는 것은 없을까
십진법을 살리기 위해
이진법이며 오진법 그 무수한 진법의 세상 읽길 죽이는 일은?
사람들 저마다 나름의 진법의 빗장 꼭꼭 걸어 잠갔을 때
들어 봐

문밖에서 서성거리거나 더러는 안타까이 문 두드리다가 돌아가는
다른 진법의 신음 소릴
그렇다면 세계의 속살은
우리들 인식의 틈서릴 뚫고 보이지 않는 곳에서 파들거리는 것일까
이런저런 생각들 빼곡히 비집고 나오며 내 어깰 툭툭 칠 때
잘못 풀려진 진법의 숫자들이 삐딱하게 서서 고갤 내밀고
조카의 웃음소린 높아만 가고
혼돈만이 뜨겁게 빛나는 그 아침을
캄캄히 나는 건너가고 있었다

우화등선

모든 것들은 하나의 존재 이유를 갖고 있는 것
사랑은 꼭 그렇다고는 하지 않더라도
전 생애를 걸쳐서 계속되는 여행 같은 것
가령 덜 깬 잠의 갈피마다
찬물 한 줌 쏟아 부으며
오뎅이며 두부를 사라고 외치는 아줌마
시간은 산비탈 깎아 집을 세우고
아줌마 검정 고무신 운동화로 바꾸었지만
머리카락은 새것으로 돌리지 못하지
수십 년래의 바람 햇빛까지도 촘촘히 다져 넣은
어느 사진기도 찍을 수 없을 주름 낀 얼굴로
가끔씩 뒤돌아보며
구겨진 세월의 필름 꺼내 보는
그녀는 젖줄
사람 사는 거리의 남루를 싸고 흐르는 시냇물
꼬불길 오선지삼아 악보 그리며 가는
가벼운 음표……
가벼워지며 그녀는 걸을 것이야
끊임없이 시간 속으로
사랑으로 가득 찬 황혼 속으로

왔던 길 되돌아 안쪽으로 걸어 들어가는 여행
마침내 그녀 틀고 앉아
누에처럼 실을 뽑을 것이야
뚫고 나올 것이야
우화등선(羽化登仙)
하늘나라에서도
두부며 오뎅 팔러 다닐 것이야
그렇게 사랑은 완성되는 것이야

밟아, 안 무서워

병원 바닥에는 바퀴벌레가 가끔 보인다
오후의 새로 생긴 병원 바닥에는
바퀴벌레가 나오기도 한다. 작은 평수의 아파트촌에 자리한
산부인과 병원 바닥에는 가끔 바퀴벌레가 꿈틀거린다
간호사실 복도를 슬금슬금 기다가
문 밑으로 빠져 들어온다

복도에는 젊은 부부
혹은 고개 떨군 어린 처녀
하얗게 질려 절망을 씹은 얼굴
뒤에는 초점을 잃은 어머니
울먹이는 모습

그 사이 간호사실로 들어온 바퀴벌레
시멘트 바닥에 납작하게 엎드려
죽은 척한다. 지나가는 간호사가
흠칫 놀란다. 어느새 새파래진다
옆에 있는 친구가 발을 쾅 구르며 명령한다
밟아, 밟아 죽여

슬리퍼 밑으로 뭉개질 때 느끼는 뭉클한 느낌
다른 간호사의 눈길이 말한다
안 무서워?
모두들 다른 쪽으로 얼굴 돌린다

그 사이 복도에서 기다리던 손님이
들어간다. 너무 어린 소녀애라
의사는 흠칫 놀란다. 그의 눈이 묻는다

지워 줘요! 라고 하는 그녀의 말이
밟아! 하는 명령의 목소리로 들리고

수술 받고 나오는 그녀의 얼굴 향해 뒤이은 손님이
안 무서워? 하는 존경의 눈짓을 보낸다

곰국

곰국을 끓인다
부글거리는 국물의 길 따라
위 아래로 몸을 뒤채며
알 수 없는 곳으로 빠져 들며 흐느적거리는 살점들,
우리는 곰국을 사람〔人〕의 마을〔間〕이라 불러도 되겠다
가스레인지의 불은 서서히 달아오르고
백철 솥이 좁아라고 그들은 쿵쾅거린다
이윽고 어느 보이지 않는 손길에 의해
한 그릇의 국으로 퍼담아지고 난 다음
식어 가는 시간이 그들 주무를 때
알 수 없는 힘으로 몸의 욕망에 엉기는 굳기름
우리는 그것을 죽음이라 불러도 되겠다
그렇다면 대체 인간들은 왜 죽어라
죽어라 백철 솥 안으로만 들어가려 하는 것일까

돌

노당리 뒷산
홍수 넘쳐 물살 거친 계곡 밑으로
쪼그만 돌들
물길에 휩쓸려 떠내려간다
노당리의 산과 들
지난 수십 년의 계절과 햇빛 바람 다져 넣고도
동으로 혹은 서으로 머릴 누이고
낯익은 백양나무 강아지풀 개구리 울음 뒤로 한 채
이 마을 사람들 대처로 대처로 나가듯
물살의 힘 어쩌지 못하고 떠내려간다
떠내려가서
형산강 하구나 안강 쪽 너른 벌판
낯선 땅에서 발붙이며
지푸라기 다른 돌들과 섞여 부대끼거나
길이 막히면
구비진 어느 구석 외진 도랑에서 비를 긋거나
구름자락 끌어 덮으며 길들여지다가
비가 오면 또 떠밀려 갈 것이다
만났다가 헤어지고
그냥 안주하기도 하는 돌들의 행려(行旅)여

몇몇 친숙한 식구가 떠난 뒷산 계곡의 남은 돌들
더 깊은 시름에 잠기고
세찬 여름비의 며칠이 지나고 햇빛 쨍쨍한 날
가슴에 이끼 날개 달고
밤 속으로 은빛 공간 열며
별이 되는 꿈을 꾸는
조약돌 몇이 얼핏 보인다

못 혹은 강도

나는 이제 길바닥에 안 보일 듯 드러누워 있는 뾰족한 금속에 대해 이야기하련다
어떤 연유로 거기 나와 있는지도 잘 모르는.
그런 그가 어느 날 지나가는 자동차 바퀴를 꿰뚫었다면
그래서 펑크를 내기라도 했다면

사람들은 타이어 수리점에서
거 재수 없이 걸려들었군
이 미친놈이 죄 없는 타이어 찔러 버렸군
이제는 제법 보기 흉하게 된 바퀴를 안쓰러이 내려다보면서 중얼거릴 것
그러면서 머리만 가뭇이 나와 있는 놈을 사정없이 내팽개칠 것

그러나 한번 수리된 바퀴는 지나온 길에 대해 더 이상 생각하지 않고
포장 안 된 길바닥에서 바퀴에 튕겨 나가 떨어진 돌멩이나
아무도 모르게 슬쩍 긁어 버린 담벼락이거나
길가에 일없이 깔아뭉갠 미물까지도

바퀴는 여전히 기억의 마취 아래 놓여 있는 것

하여 이 경우에도
놈이 바퀴를 뚫었다고, 못 쓰게 만들었다고만 할 수야 없겠지
바퀴가 못을 구부려 버리지나 않았을까
만에 하나, 용서하게, 외로운 그 친구가 바퀴를 껴안아 버린 것이나 아니었을까

어디 갈라진 틈새 여민다든가, 옷걸이 하나라도 되든가
세상에 태어나 제 육신 하나 반반히 세우지 못하고
무심코 버려져 지나가는 바퀼 긁거나
때로 바퀴에 박혀 불시에 감수해야 하는 그 회전의 속력이란

하여 우리들 무심한 바퀴가 생각 없이 굴러가는 어느 순간
느닷없이 우리를 노리는 복면한 자
어떻게 나와 있는지도 모를 그 어린것들
(누가 그들을 버렸을까?)

무심히 바퀴 아래 마쳐되지 않게 해야 할 일이다
제자릴 찾아 제몸 하나 반듯이 세워 줄 일이다

전망 좋은 집

라디올 듣고서야 알아내었지 전망 좋은 집
집 앞에는 초록 숲 한쪽 옆엔 테니스장
조약돌 같은 살색 가진 사람들 뙤약 속에 땀 흘리는 곳
그곳 내려다보이는 내 아파트에 오면 친구들
전망 좋은 집이라고 하나같이 말했지
그래 전망 좋은 집
초록 공간의 멋진 작은 집들
그 집 앞에는 막 벙글기 시작한 호박꽃 사이로
벌떼들이 잉잉거리고
그 속에 사는 사람들
신선처럼 가끔씩 초록 숲에 나와서
밭일하는 게 흐릿하게 보이지
전망 좋은 집
그러나 바보같이 라디올 듣고서야 나는 알아내었지
그곳이 그린벨트라는 사실
더욱 초록 공간에 사는 사람들 우리와는 정말 다른
한발 디딜 때마다 얼쑤 정겹게 파리 떼가 달라붙고
공동 배수장에 고인 물을 퍼마시는 신선이라는 사실
쫄랑쫄랑 숲길 지나 소풍 가는 어린 친구들
세계에서 제일 긴 강은 어디? 우리나라의 수도는?

인구는? 물으면 잘도 대답하는 친구들
바로 앞의 초록 숲에 누가 사는지 모르고
어른들조차 모르거나 가르쳐 주려고도 않는다는 사실
한 달 수입이 몇만 원도 못 되는 사람 90%가 넘는다는
초록 공간의 전망 좋은 집
의 마을

하늘

앞바다는 살아 있었다
모든 것이 내 그물에 걸려 파닥이고 있었다
멀리 물살 가르는 뱃머리도
철조망에 널어 논 가자미 빨래 같은 것들
모래에 빠진 자동차 바퀴의 안간힘
바람에 날려 간 지붕 다시 비끄러매는 살림살이도
목 잘리고도 살아 움직이는 가오리도 모두모두
걸려들었다 담벽에 그려진 돼지 새끼가 꿈틀했다
야 하면 어느새 내 구도 속으로 야 하며 들어오고
여 하면 납작 엎드려 여 하고 기어 들어오는 사물들
이제는 온통 내 세상이구나 싶어 위로 올렸을 때
망망한 하늘의 세포
한 마리 곤충이듯 오히려 제 그물 속에 날 가두고 있었다
웃고 있었다
(그렇다면 하늘을 잡을 망원경은 없단 말인가)

소리, 한숨처럼 트이는

날아다니던 벌들이 뒤척이는 잠의 다알리아
꽃술 위에 가볍게 내려앉았을 때
기우뚱 다알리아 취한 꿈에서 반쯤은 깨어난 듯
꽃대를 출렁거린다
순간, 고요 가운데 불붙는 바람
햇살에 섞여 밝은 소릴 내며
다알리아 그 여린 개성 유연하게 풀어낸다
꽃대가 바람 햇살의 물결에 술렁이면서 내는 소리
수많은 상(相)들이 이리저리 흘러넘치다가
깊숙이 스며들어 하나가 되고
이윽고 다른 꽃대를 향해 벌들 날아갈 때
도취 속에서 심신을 푸는 자유스런 다알리아의 자아
그것을 보는 내 눈길이
꺼질 듯한 한숨처럼 기쁨,이라고 흐느낄 때
의미를 앞질러
저 무한으로 트이는 소리의 행렬!

중세어 시간

두시언해의 초간본과 중간본 비교 시간
ᄉᆞ랑하다와 사랑하다의 차이
ᄉᆞ마ᄎᆞ다와 사무치다의 차이를 배우면서
16세기 어느 산골에 살았을 촌부
이루지 못한 사랑이 자꾸
마음에 걸린다
수세기를 달려오다 책갈피에 잠들었던 시간은
우리들 맥박 속에 깨어나고
노교수와 우리들 마음 사이
ᄉᆞ랑하다와 사랑하다 사이
ᄉᆞ마ᄎᆞ다와 사무치다의 사이에
홍건히 내리는 햇살
저쪽의 지층과 어둠을 뚫고 온 인연의 끈이
오늘은 바람으로 풀리고
수세기를 자라 온 빛줄기들은
초록의 풀들로 자란다
아 무엇인가
이 교실의 젊은이들 노교수 귀밑을 붉게 하고
캄캄한 지층 뚫고 와
들어 보면 처렁처렁 울릴 듯도 한 것은

풀리지 않던 그때의 매듭이
오늘은
물처럼 파아란 하늘의 갈피에서
마알갛게 풀리고 있다

골목 주차장 혹은 현기증

밤이다 망령들처럼 가로등이
파스텔 빛 현기증을 뿌리는
골목길이다 처진 어깨를 맞대고
표정을 감춘 채 우리는 서 있다
익어 가는 밤이다 여름의 늑골에서 쏟아 내는 바람이
우리들 속울음을 실어 보내면서
중얼거린다 너희들 다리는 얼마나 충직하냐고
이리도
대전의 골목길도
스쳐 온 우울한 시간의 주름도
밥찌끼처럼 사육되는 욕망 덩어리들도
담아 냈냐고 아무 말 없이 담아 낼 수 있느냐고
늦은 밤이다 반갑지 않은 침입자라도 들어온 듯
정원의 나뭇잎새들이 불안하게 수군거리면서
개가 컹컹 짖는다 그것도 잠시
안방에서 틀어 논 음악도
기어가는 도둑고양이 눈동자를 빨아들이고 있는 고요도
서둘러 문을 닫는 시각이다
덮치는 잠 꿈속이다
우리들은 곪아 터진 내장을 까발린다

태양을 돌리며 지나온 모든 길들이 되돌아와
벨트처럼 우리 목을 휘감는다

어느 생애 1

한 농부가 논을 갈아엎는다
머얼리서 물 무늬 얼비치며 다가오는 소의 그림자
빠른 걸음으로 무논을 쟁기가 가로질러 가고
순간, 소리의 여울 이루어 반란하는 개구리 울음
나는 숨죽여 지켜본다
휘뚝휘뚝 지나가는 쟁기 날 너머로
분홍빛 등불 켜든 풀꽃의 섬뜩한 아름다움이
머리 잘린 채 넘어지고
누군가, 떠올릴 수 없는 빛나는 한 생애가
흙 속으로 빠져들어 가는 것을
몇 바지게나 될 것인지
그들 죽음 안타까워 더욱 거세어지는 개구리 울음
개구리 울음이
넘어지는 풀꽃의 혼 이끌고
그것을 보는 내 슬픔마저 이끌어
봄 하룻날
풀꽃의 혼, 개구리 울음, 내 슬픔이 다 슬려
아지랑이로 떠돌고 있는 것을

메아리

바다로 가려다가 산을 택했다
오랜만에 벗어났음인지 모두들 싱글벙글
두 손을 입에 대고 야 하고 소리치니
저쪽 산이 야아아 되받는다
꾸루룩거리는 배를 참고
냇가에 이르자
어느새 거기서도 움직이는 구름
햇살은 외려 밑에서 위로 비춘다
무심히 길가의 꽃을 꺾는 손길을
뚜욱뚝 가시는 피 흘리게 한다
키득대며 마구 먹어 치우며 우린
버리고 또 버렸다 어둠이 오는 줄도 몰랐다
이윽고 황급히 돌아나오는 우리들 머리 위로
별이 뜨기 시작했을 때
누가 하나
산자락에 등을 켜는 꽃들
메아리로 돋아났다고 말하자
모두들 그렇다고 수긍했다
그때였다
때마침 불어닥친 회오리바람에

우우—
우리가 버린 것들이 따라오고 있었다

이럴 때 내 몸은 그 문을 살짝 열어

덥다 덥다
이럴 때 내 몸은 그 문을 살짝 열어
땀이란 놈을 내어 보낸다
땀은 그 속에서 오래도록 나오고 싶어
안달했다는 느낌을 준다
그 미세한 숨길 따라
갇혀 있던 그들이 크게 한번 숨쉬고 싶었다는 생각이 든다
몸을 살살 간질이며 빠져나오기 시작하는 무리들
흙속에 갇혀 있는 어린 풀줄기들 봄이 되면
쏙쏙 고갤 내어밀듯이
그래서 숲을 이루듯이
땀은 얇은 막을 만들어
포장지로 싸듯 몸을 휘감는다
안과 밖이 서로 바뀌는 순간이다
편안한 집 속에 나는 나의 몸을 맡긴다
이럴 때 우리 영혼은
그를 늘 싸안고 있는 몸에게 미안했던지
한번쯤 몸을 감싸 주고 싶어
땀을 보냈던 것일까
한번쯤 몸을 위해 밖이 되고 싶었던 것일까

여름휴가 혹은 감전

뙤약 속에 서서 당하는 괴로움 말고도
프로펠러를 돌리며
밤이면 우리들 눈 온통 밤하늘
별빛으로 만들어 놓는
모기 군단과의 백병전

사흘째 호우주의보까지

잘 포장된 통조림 속의 내용물처럼
며칠 새
우리가 만난 것은
한 생애의 몫 응축시켜 놓은 것이었을지라도

내년이면
언제 그랬느냐는 듯이
나오라고 나오라고 소리치는 햇살 속에서
우리들 생각 몰고 흐르는 피는
중얼거릴 것이다

감전된 것처럼 우리 가족들
휴가 생각에 몸살 앓을 것이라고

날씨와 우린
통정(通情)한 게 분명하다고

현장검증

사람들이 몰려들고
질겁을 한 사내의 목에
수갑 찬 청년이 내민 칼이 번뜩이고
짧은 반항을 끝으로 허공 중에 초점을 잃은 그 눈
곧이어 화살처럼 꽂히는
수십 수백 개의 부릅뜬 눈
내리쬐는 태양도
그렇다, 이럴 때엔
숨을 죽일 수밖에
그런데
저 눈은 무엇인가
허리에 방망이를 차고 둘러서서
그물을 치듯
외려 수백의 눈들 끌어들이고 있는
웃음기조차 띠고 있는 저 눈

담쟁이덩굴 하나의 시

그를 만난 것은 며칠 전이었다

시는 되지 않고 무심히 눈길 주는 담장
시멘트가 한껏 더위와 빛살 떠받치고 있었다
가끔 흘러가는 매미 소리에 실려
구름이 제 그림자 던지며 지나갈 뿐

그물에 걸린
물고기처럼
시상(詩想)은 좀처럼 빠져나가지를 않고

이젠 이 일도 끝이다 하고 눈길 돌릴 때쯤
문자처럼
작은 점 하나가 담벽 밑에 앉아
나를 돌려세웠던 것이다

꿈틀거리며 기어오르는
자신의 몸을 찢어 존재를 확산시키는
육두문자

밤이면 그는 한 뼘씩이나 커진 파문을 그리며
울기 시작했다
스스로를 녹여 정서와 의미를 넓혀 나가는 울음

그 울음소리는 내 꿈의 가장자리에까지 밀려와
덜컹덜컹
내 생의 빈 원고지 칸을 메꾸고 있었다

음악

하늘이 삼십몇 도의 더위 지상에 내려 보냈을 때
산으로 바다로 골목의 사람들 좇아 보냈을 때
집 앞의 버드나무 한 번 꿈틀하다가
맥없이 하늘그물에 걸려들 때
더욱 그 나무의 매미 소리마저 압지에 빨리는 물기처럼
말라 버릴 때
구름 속에서 햇살은 빼꼼히
지상의 모습 내려다보면서 미소 흘리고
죽어 가는 혼들 속에서
홀로 남은 정신처럼
머릴 곧추세우며 견디어 내는 마당귀의 샐비어
별수 있나
정신의 뿌리 흔들리며 절망 쪽으로 아득해질 수밖에
중얼거리며 화살 쏘아 대는 햇살
그때 어느 이름 모를 손길에 의해
모차르트의 음률처럼
물뿌리개에서 쏟아져 내리는 물줄기
모차르트를 듣는 한 사람의 초상처럼
샐비어 영혼을 열어젖히고
막무가내로 흔들거리고

벽 혹은 길

—영인에게

주저되는 일은 등을 미는 일이다
욕탕에 갈 때마다 가장 주저되는 일이란
등 내미는 일이다 생전 처음 보는 사람에게
불쑥 내 뒤꼭질 맡기는 일이다

이 일 요즘은 기계가 간단히 해결해 주기도 한다
버튼 누르고
회전 돌기에 갖다 대기만 하면 된다

뜻밖에 일은 벌어졌다
저쪽에서 먼저 밀어 주기를 청해 왔을 때

억지로 자존의 등 대 주고 느끼는 스멀거림이란
허나 오래지 않아 읽게 된 것이다
귀찮아 버려 두었던 영역 간질이며
섬세하게 스쳐 가는 그의 마음결에 찍히는 문장

잘 헹군 빨래처럼
등 제자리로 놓으며
가볍게 그의 뒤를 맡길 때 스치는

돌려진 등에 절망했던 만큼이나 많은 마음의 실핏줄!

무관심한 오만의 때 위해 손 빌려 주고 떠나가는 그의 등 뒤로
번쩍 번갯불의 길이 열렸다
상처를 핥듯 사이 보듬어 생기는

은해사에서

솔바람 소리가 세월을 깨우고 있었다
허물어져 수리 중인 목조건물
관광객 출입 금지 씌어진 대문 밀치고 훔쳐보았다
목수 몇이
낡은 목재에다 새로 깎은 아름드리 생나무
그 시간의 간격
못으로 메우고
푸른 정맥 선명한 목련이
이 해의 빛나는 시간 완성시키고 있었다
순간,
대문 모서리에 걸려 우리들 넘어질 때
수십 년 햇살 바람이 키운 열매인 우리
매고 있던 단추 하나에 매달린 시간
데구르르
고여 있는 경내의 시간과 합류한다
까르르 웃음 쏟아지고
금빛 시간의 옷 걸친 채 지켜보던 본존불
일순 굳어지는 표정에 달아나는 우리들 귀에
본존불의 음성 대신
뻐꾸기 울음이 새어 들었다
끊겼던 물소리가 다시 들려왔다

스스로 열리기

불어오는 바람에 이파리가 흔들릴 때
우리는 나무가 웃는다고 말한다
가령 비 뿌리기 전 재빠른 나뭇잎의 흔들림은
불안해하는 나무의 표정이다
그 순수한 기쁨에게로 혹은 상처에게로 열려 있는 나무들

어깨만 갖다 대어도 재빨리 알아차리고
온몸 자체가 기쁨으로 설레이는
내릴까라는 음성이 그의 귓바퀴를 흐르기 무섭게
찌푸리는 어린것들 육체 언어

종이 새처럼 풀풀 날아가서
돌아오지 않는 것 말고
햇빛에 혹은 비에도 섞여 나란히 떠돌기도 하다가
때가 되면 하나씩 뿌릴 내려
풀이 되고 나무가 되는 언어

그리하여
사물들이 내게 손짓할 때

내 마음의 은사시나무
잎파랑을 흔들어 대는 설레임

환자와 풀꽃

네가 키워 주는 눈빛으로 살았다
밝혀 주는 등으로 길을 걸었다
때로는 가슴으로 심겨 와
이끼 낀 정신 한쪽 끝을 밀어내다가
잠 속으로 유영해 들어와
어지러운 내 꿈 말갛게 헹궈 내고
품어 주는 그 응시로
시력을 회복하곤 했다

가을 나며
나는 한 송이 풀꽃으로
파아랗게 돋아나는데
꺼멓게 서서
대신 눈멀어 있어야 하는가 너는

불어오는 바람에
대궁이 속 시린 혼 감추고
풀꽃은
아픈 깊이만큼
나를 흔들어 주고 있다

어느 생애 2

다소곳이 그는 누워 있었다
허물어져 가는 교각 옆 풀밭 위에
따가운 햇빛 무시라도 하듯

간밤 쏟아진 폭울
비닐 하나로 견디려 했던 듯

휠체어 두 바퀴에 실려 온 그의 길을
옆의 미원이며 고춧가루 봉지가 벙긋
하늘 쪽으로 열었다가 닫았다

호주머닐 뒤져 경찰은
수십 년 그의 유산을 찾아냈다
만 원권 2장, 천 원권 13장, 백 원 동전 32개

인근 송라시장에서 구걸하며 다니는
행려병잘 봤다는 전화가 걸려 왔다고 말하면서 그는
길 건너편
스위스 풍의 종교 건물을 올려다보았다

며칠간 피붙일 수소문하다가
대개는 시립 화장터로 보내지지요

이어 가는 그 소리도
기를 쓰고 울어 대는 매미 소리에 묻혀 버렸다

태풍 다이애나

설마 하고 있을 때 너는 왔다
한밤중 누가 창문 두드리는가 싶더니
축대 무너지고 이불 가재도구 챙길 것도 없이
우린 피신했다 늙은 어머니 아버지, 어린 동생 업고서
삽시간에 마을은 물바다가 되었다

그의 사촌뻘이나 되는지
세실 때도,
그 이전의 셀마 때도 그랬다
보기 좋게 기상대 예보 어긋나고
경상 전라 충청 할 것 없이 전국을 휩쓸고 때렸지
사람들 가슴에 손톱자국 남기고서

도대체 너는 어디서 오는가, 주변을 슬슬 돌다가
역사를 둘러보라 전쟁은 어디서 어떻게 오는지
왜놈이 깔짝깔짝 바람 일으키고 가더니 예기치 않게
수가
그 다음엔 당이
여진 몽고…… 청나라가 기웃거리는가 싶더니
일본이……

전국에 말발굽 소리 끊기지 않아 우리 국민들
남한산성으로 의주로, 강화로도 건너뛰고
돌아보면 터진 둑을 막는 역사 아니었던가
드디어는 큰 손들 우리 땅, 쩍! 갈라 놓았다지
보이지 않는 손이 지금도 우릴 움켜쥐고 있다지

세실, 셀마, 실비아, 다이애나……
예쁜 이름 뒤의 일을 우린 믿지 못한다
사신이니, 친선 조약, 강화조약의 달콤한 이름 뒤에
음험한 손길 들이닥쳤듯이

다이애나여
우린 이제 네가 마지막 이름이었으면 좋겠다
아니라면 너희들의 등 우리가 타야 할 것인가

불도저

도로가 끝나 가는 시 외곽지
쓸모없어 방치된 불도저가 숨죽이고 있다
지난 수년간 닦아 놓고 달리지도 못한 도로에 달리는
차량들 소리 애써 귓전으로 흘리고
행인들 어깨를 쳐도 묵묵부답
멀어져 가는 벌판에
혼자 그림자를 안고 있다
어찌된 일이냐
깊은 곳에서 해빙을 기다리던
쑥부쟁이 참냉이 두근거리는 가슴을 헤집어 놓고
논둑 새하얗게 슬리던 벌레 알을 밀어내기도 하였지만
우리들 사이 가로막힌 담벽도 흐트려 주던
탓할 수만도 없는 놈이
어디서 먹구름 밀려오는 소리에도 움찔
엿장수 서툰 가위질에 귀는 떠는 문풍지가 되고
하늘의 별이나 세며
뒤꿈치에다 힘을 주지만
눈먼 참새 떼들 흙먼지 서리만 덮어쓰고
조무래기들 걸터앉아
그들 꿈을 키우기나 할 뿐

힘없이 변두리로만 밀려다니는 박토에 섞여
나사 기계 부품들 녹슬어 가고
얼음 그 억센 힘에 가슴이 박힌 머리털 뽑힌 삼손이여
입춘 경칩 지나 땅 풀리는 벌판에 서서
오늘은 네가 뚝뚝 눈물 흘리고 있다

남은 이야기

광주를 지나다 생각나서 들른
장성 땅에서
몇 해 전 어느 길목에서 스쳤던
크리스마스카드가 한 번 온 적이 있는
고 상큼한 계집애를 만나러 가서
나는 보았다
이제는 어느 시골 교회 전도사의 여편네가 되어
그것도 아이까지 하나 덩그러니 낳아
한 사내의 일생을 떠받치고 사는 것을
간간이 들려오는 기적 소리가
어느 선율보다 절절히 마을을 흔들어 놓는 언덕에서
나는
지붕 위 잎새 아래 수그린 박의 자태랄까
이따금씩 눈길을 떨굴 뿐인
그의 아내의
하루를 도둑질하는 살쾡이처럼
옹송거리고 앉아 있었지만
오히려 그 사내
마을 자락 감싸는 하늘이나 바람, 산그늘까지를
눈 안에 넣은 모습으로 웃고 있는 것을

편안과 불안이 반쯤 버무린 얼굴이 되어
이튿날 서둘러 동구 밖을 걸어 나왔더라만
거 왜, 있지 않나
흰 살결 보이는 안개 속
부끄리어 얼굴 발그레진 물달개비,
물달개비 같은 것들 고갤 숙이고
갱빈의 무제비 깃을 치며 날아오를 때
동구 밖까지 따라나와 은 종을 울려 쌌는 풀벌레 소리
포장 안 된 도로에 투덜대며 가는 버스에 실려
나도 모르게 뒤쪽으로 걸음 옮기고 있었더라만
이제는 나의 그늘이
적시지 못하는 곳에 있는 그녀를
하늘은 어느 때보다 쏴안히 내려와 껴안을 것을
마을 옆구릴 흐르는 실개천은 또
안으로만 안으로만 우리들 남은 이야길 속살거릴 것을

여름 무논

평화로운 마을에 자운영이며 토끼풀 독새풀이 모여
하오의 햇빛을 쬐고 있다
이때 무법자처럼 소를 앞세운 쟁기가 들어온다
보이는 대로 머릴 자르고 거꾸러뜨린다 속수무책
분홍빛 등불 켜 든 풀꽃의 섬뜩한 아름다움이
흙 속으로 빨려 들어간다 그때다
사방에서 떼를 지어 반항하는 개구리 울음
격전이다
그럴수록 정복자의 표정은 더 사나워지고
저항도 거세어진다
그러나 끝내는 당할 수 없다
증거인멸처럼
저항군의 함성도 사라져 버린 시가지
유유히 빠져나오는 정복자
이름없이 사라진 생애들 혼처럼
아지랑이만 떠올라서
조금 전의 상황을 알리고 있다

1990년 1월 1일

돈 몇만 원이 늘상 문제였다
쇠고기 몇 근과 정종 한 병의 남편 자존심에 매달려
새해 첫날부터 우린 처가행에서 그렇게 언성을 높이고
멀어진 마음 비인 행간 위에 눈발이 퍼붓고
눈은 내려 우리들 시야까지 흐려 놓았다

길은 어디에서 끝나며 어디서부터 시작될 것인가
이제는 평지와 개울 바닥 구별할 수도 없게 된 언덕길
미끄러져 버둥거리는 차량이 보였고
조심조심 그 길 더듬고 가는 버스에 실려
투덜거리는 엔진 소리처럼
우리들 마음속의 한 부분도 고장이 나 있었을까

버스에 내렸을 때
앞선 아내와 어린것 시린 어깨 위로
어둠과 함께 몰려와 내려 쌓이는 흰 눈
멀리 가물거리는 마을 불빛은 우리들 불안을 다독거리는데
안쓰러이 아내와 어린것 어깰 보듬어 주면
그들에게 작은 어깨 하나 돼 주지 못한 지난 시절의 회

오가
  눈발이 되어 내 앙가슴 파고들고
  길을 끌어안고 내려올 것도 같은 마을 불빛은 아직 멀고
  그래도 산등성이 길가의 가문비나무 고로쇠나무 같은
것들
  처가댁 식구들처럼 손 벌려
  축복처럼 눈덩일 풀썩 던져 주는데

  첫날 첫길을 우린 그렇게 갔다
  이제는 가천(假川)이 되어 버린 가천(佳川) 바닥을
  조심스레 내어 디디면서
  더러 엎어지는 아내의 손목 끌어당겨
  불안하게 흔들리기도 하면서

적응

무논의 개구릴 한 마리 잡아
어항에 집어넣었다
더운 물 쏟아 부으니 툭
차가운 물 쏟아 부으니 툭툭 튀어 나간다
안 되겠다 싶어 논물 떠다 넣고
물달개비 여뀌 흙 조금, 방동사니도 그럴싸하게 심어
그놈 잡아 넣었더니
헤엄도 치고 제법 물품 뜯어먹는 흉낼 낸다
아하, 그렇게 사는구나
개구리 재빠른 적응에 감탄한 며칠이 지난 후
제 세상처럼 뛰노는 놈을
불현 어떻게 하고픈
손이 된다 솔가지불, 사납지도 않게 밀어 넣는 손!
그래도 개구린
따시하다 따시하다 물갈퀴 흔들어 대며 기뻐하더니
뺑긋, 물 위로 고갤 내밀기까지 하더니
튀어 나갈 줄도 모르고
한번 가면 영 안 오는 나라로 가 버렸다
솔가지 불의 검은 손 깨닫지도 못한 채

이 여름날 근시안 우리나라 개구리들의 적응이여

목소리 찾기

내 여섯엔가 가곤 했던 강변은
꼭 내 키만 한 갓 심은
포플러 숲길에 나 있었다

어느 더운 여름이었던가
물장굴 치다 말고 잡은 송사리
내 뒤굽 다 닳은 감장 고무신
에 담겨

때아닌 내 시의 율동으로
눈빛 어지럽히더니
얼마 안 가 성 밖 모래에 묻혀
한번 가면 영 안 오는
나라로 가버린 때 있었나니

모래무지 쌓아 묻어 주면서
내 가슴 작은 것만 안쓰러워 눈물 나던 때
이제는 내 시의 자양이라도 되었을 물고기
떠올라 다시 가 보아도
여전 강물 위에 남의 언어만 살아 파닥이는
강변은

이제는 자라 하늘 닿을 듯한
포플러 숲길에 나 있었다

깡통

까짓거 깡통 같은 거
사람들은 방금 먹은 참치나
고등어 찌꺼기를 뱉어 내면서 말한다
하기야 일용할 양식도 아니고
아무 생각 없이 버려지는 깡통 같은 존재야
안중에 들어올 리야 만무하지만
너는 골목 한 모퉁이나 공터 같은 데서
무심한 발길에 구겨지거나
어린애들 발끝에서 뻥뻥 허공을 날기도 한다
인간들 발자욱만 가슴에 안고 배앓이를 하거나
허한 갈빗대 사이로 싸늘한 바람이나
우중충한 빗줄기 끌어 덮으며
밥찌기 다른 휴지와 섞여 기죽어 있는 모습이란
처음엔 책상 위에 연필꽂이로 놓이고
더러는 그 위에서 꽃을 피우기도 하지만
아아 어쩔 것인가
쓰레기장 한켠에 버려져서
빛바랜 상표 속에서 참치 같은 것들
고등어 같은 것들 푸드덕 푸드덕
안간힘으로 날아오르려 하지만

어느새 하루는 저물고 말아
머리 위로 떨어지는 추위와 잔설에 움츠리며
숨죽이다가 오두마니 떨다가
떠나 온 광맥 그 따스했던 고향을
떠올리다가
깡통은 이제 썩어 간다
거름이나 되어
잠든 풀뿌리의 혼을 조금씩 조금씩
밀어 올리려 한다
멀어져 가는 목소리의 인간들 수런거리는 골목 어귀에서

자정이 넘은 시장에서 당신들은

자정이 넘은 시각에 시장에 나와 본 당신들은
느낄 것이다
생선 비늘 하나에도 어둠이 들어차고
누구 하나 꿈틀거리지도 않아
어느새 내려앉은 당신 가슴
허나 당신을 조금만 더 어둠 속에 던져 놓는다면
걸어 잠근 나이트클럽 문틈 사이로 새어 나오는 노랫소리
시장 바닥에는 옹송거리던 마음들이
낮게 낮게 깔려 있고
좀 어둡긴 하지만
변두리 극장 입간판의 배우들은
아직은 그들 젊음을 껴안고 있다
우리들 마음은 때로 떨어지는
가랑잎새 하나로 떠밀려 다니기도 하지만
온통 가득한 어둠 한복판에서
쓰레길 태우는 모닥불로 살아 있기도 한다
한점 소리도 들리지 않을 공간에서도
예민한 안테나처럼 당신의 귀는
술에 취해 귀가하는 한 사내의
건강한 음성까지도 잡을 것이 아니냐

너무 부산해서 느낄 수 없었다던
이웃이란 의미도
카바이트 불빛 콩국 온기 속에서
건져 낼 수 있지 않겠느냐
이 새벽 어느 담벼락에선
이 해의 가장 충실한 모과 알이 익어 가고 있을 것이란 사실에
가슴 부풀어 오고
당신 가슴 한복판으로 지나가는 기적소리
그날치의 안부 밀어 넣는 신문배달 소년의 체온
채소를 싣고 오는 트럭 운전사의 건강한 팔뚝을 떠올려 보기도 하는
자정이 넘은 칠성시장이나 복현시장쯤에 서면
우리들은 한 사람의 시인이 되고
우리들 일상은 신천교 다리 밑의 물살로 흐르거나
교회 새벽 종의 울림으로 수렴되기도 하는 것이다

어머니 혹은 나의 배경

안강* 다 와 가는 국도에서
사고 때문에 멈추어 선 버스
체증처럼 늘어진 차량 행렬 보며
바람 한 점 없고
시간마저 더위가 붙들어 놓은 버스 속
동구 밖까지 마중나왔다가
열어 논 창문 비집고
악다구니치는 가수의 목소리마저 비집고
저 혼자 몰래 들어와
있는 듯 없는 듯 그냥 서 있는
아카시아 향기

* 경주시 안강읍.

겨울 못에서 1

바람 같은 것 검불 같은 것 데불고 계절을 난다
지난 겨울 가득했던 못물 빠지고
이끼들 낮게 엎드리어
기 죽어 있는 마른 저수지 바닥을
불도저가 파헤칠 때마다
반쯤 머릴 들고 날리는 라면 봉지, 비닐조각
이런 문명의 깃발들은
쉽게쉽게 먼지와 섞이고
모두들 잠들지 못하고
그림자처럼 서 있는 물상들을 보고 있다
돌아다보면
산 쪽에서 힘없이 떨어지는
장꿩의 모습만 눈에 띌 뿐,
문을 꼭꼭 걸어 잠근 풀들
짧은 웃음만 비칠 뿐
흔들어도 흔들어도 잠 깨지 않아
허물을 논둑에다 걸어 두고 벌레들은
길 떠난 지 오래고
해 짧아 어느새 밀려오는 어둠을
갈참나무 잎새들

우우 소리를 내며 흔들어 대지만
어둠과 추위에 갇혀 마을 사람들은
꿈속에서도 늪 속으로 헤매 다니고
살얼음 낀 강이
그들 가슴으로 흐르고 있다

겨울 못에서 2

실핏줄 같은 팔들 하늘로 벌리고
벗고 있는 미루나무
마른 잠을 흔들며 바람이 지나갔다
백발 쓰고 퍼질고 앉아 있는 마른 풀들
한쪽으로만 쏠리고
운 없이 몇 개 우리들 손에 쥐어져
배때기 성에를 하얗게 드러내고 있는 풀들
사방을 휘휘 둘러보아도
낮은 하늘 까작거리는 참새 떼들
그들 꿈의 비애를 떠올려 줄 뿐
노래란 노래를 다 불러 주어도
그들 가슴은 젖지 않을 것이었다
어딜 가나 쩡쩡 위협하며 따라오는,
뿌리 뽑힌 것들 생(生)으로 가둬 놓고
갈대 같은 것 허리 자락이나 꺾어 놓는 얼음 평면을
하오의 햇살은 그냥 지나치고 있었다
마른 댓잎들이 뒤껕에서 부스럭대며
쏟아 붓는 어둠에 총총걸음이 된
우리들 무심함을 지껄여 댔지만
우린 서둘러 집에 와서 늪과 같은 집에 와서

전깃불 켜고 마주 보며 흐득흐득 웃어 대었을 뿐
겨울 못에는 추위가 떼서리로 몰려올 것이었다

강구 가는 길

잘못이었을까 펼쳐질 풍경 생각에
다리 아픈 줄도 모른 채 몸 실은 것이
불안한 이야기 차내에 꼼실거리기 시작할 때쯤
화포진에서 또 한 마장쯤 지나서도 우릴 막아서는
핵 폐기물 처리장 결사반대 머리띠 두른
새로운 연대 표정처럼 모닥불 사이로 일렁거리는 얼굴들
굳어진 혀의 침묵 좀스럽단 듯
죄없는 도론 잡고 야단이냐는
결국은 보상이나 더 받자는 거 아니냔 이야기로
졸지에 발 묶인 사람들 무연한 듯 지껄이고 있었지만
문을 닫고 열며 버스는 사람들
펼쳐질 연대(年代) 강구(江口) 가는 문제
나눔 몫으로 한 차 타고 가는 거 깨우려는 것일까
초조감은 주사액처럼 마음결 서서히 물들여
몇몇은 차창 풍경에 눈길 던지거나 자는 척하고
화가 난 듯 어두운 쪽 향해 사내들 오줌 갈기기도 했
지만
최루탄은 터지고 뿔뿔이 흩어지는 아낙들 보며
떠나서 잘 됐다고 중얼거리는 그들은
누구인가 몇몇 어깰 후닥닥 채 가는 푸른 제복들은?

양심처럼 무슨 회한처럼 우릴 봐주지 않는
힘이 강구로 떠다미는지
버스는 화물이 된 사람들 상처를 실어 날랐지만
뿌연 연기 속 밤벚 꽃 흰 소복 사이로
잔솔가지 가는 숨결 수런거리고
구름은 훠어이 훠어이 길의 적막 끌고 간다
오두마니 선 민박 집 불빛마저도 화살 되어 마음 자락 쏘아 대더니
푸른 물의 은유 거부하며
강은 끝내 문〔口〕 열어 주지 않고 떠다미능 거
아까 도로의 아낙들 퀭한 눈빛으로 이어질 앞날
새로운 연대 문장처럼 자꾸 우릴 싸고 도능 거

■ 작품 해설 ■

나무/집/언어/시인

김혜순

1

손진은의 시는 우리나라 시문학 전통으로 보아 드물게 존재론적인 시 세계를 갖고 있다. 그는 인식론의 허망함을 나름대로 간파하고 있는 듯하다. 그래서 그의 시에는 원관념인 의미를 찾아 보아야 하는 비유적 표현이나 문장을 아름답게 하는 데 기여하는 수사에 대한 천착, 또는 사물이나 관념에 대한 나름대로의 해석이 눈에 띄지 않는다. 그는 다만 축어적 표현으로 사물 혹은 시인의 존재를 '열어 놓기'를 갈망한다.

그는 우리의 인식이란 것이 십진법의 그늘에 있을 땐 편안하고, 이진법, 오진법 정도로 벗어나면, "굳어진 인식 아슬하게 벗어나" "말랑말랑한 길 따라가"는 재미를 느끼게도 되지만, 그러나 그 이상 벗어나면 "습관의 익숙한 틀로도 더하고 뺄 수 없는 세계"가 있다는 것을 알게 되어 "혼돈"에 빠지게 되고 만다고 생각한다. 우리는 십진법의 세계만을 인식하는 데 너무도 익숙해서 "일상의 외형"들 밖에 있는 "세계의 속살"이 "우리들 인식의 틈서릴 뚫고 보이지 않는 곳에서 파들거리는 것"을 보지 못한다고 그는 말한다. 그래서 그는 "사람들 저마다 나름의 진법의 빗장 꼭꼭 걸어 잠"그면 "문밖에서 서성거리거나 더러는 문 두드리다가 돌아가는/ 다른 진법의 신음 소리"가 들린다고, 그 소리를 들어 보라고(「기수법」) 우리에게 권한다. 그는 우리가 가진 주관적 인식의 틀을 완전히 벗어날 수 없으리라는 것을 믿는다. 그는 인식론 자체를 비판한다기보다는 자신의 눈을 포함한 인간의 감각, 감각을 거쳐 사고에 이르는 과정, 결과를 회의한다.

그는 그가 가진 구도 안에 앞바다(물살 가르는 배, 철조망에 걸어 논 가자미, 빨래, 모래에 빠진 자동차 바퀴, 바람에 날려간 지붕 다시 비끄러매는 살림살이, 담벽에 그려진 돼지)를 모두 넣었다고 "온통 내 세상이구나" 외쳐 보지만, 그러나 곧 망망한 하늘 세포 안에 한 마리 곤충처럼 갇혀 있는 것이 자신의 실상이라는 것을 알게 된다. 그래서 그는 "하늘을 잡을 망원경은 없단 말인가" 하고 외치게 되는 것이다(「하늘」). 그는 우리가 시각 속에 가두었다고 생각하는 사물이나 풍경이 사실은 진짜 사물이나 풍경 자체가 아니라고 믿는다. 그것은 드넓은 질서 안에 "진실의 세계"를 만들고 있느라, 우리의 "나태와 무기력" 안에는 갇히지 않는다고 생각한다. 마치, 그가 안경을 잃어버렸을 때처럼 사물은 "도처에 우글거리며/ 어느 곳에도 있지 아니하는" 중심(「중심, 도처에 우글거리는」)처럼 그를 벗어나 홀로 시시각각으로 존재하는 것이라고 그는 생각한다. 즉, 우리의 인식 작용이라는 것이 안경이나 망원경을 쓰고 보는 대상처럼 진정한 모습이 아니라는 것이다. 그것은 마치 벌들 잉잉거리고, 초록 공간의 멋진 작은 집들이 있는 "전망 좋은 집"에 산다고, 신선처럼 초록 숲에 나가 일하는 사람들 보인다고 기꺼워하는 순간, 라디오에서 그곳이 "한 달 수입이 몇만 원도 못 되는 사람 90%가 넘는다는" 곳, 그린벨트라는 사실을 알려줄 때(「전망 좋은 집」)처럼 허망하고 불완전한 것이라고 그는 생각한다. 그래서 그는 인식의 경계 너머에 있는 존재의 문제를 천착하기 시작한다.

2

바람이 불 때
우리는 다만 가지가 흔들린다고 말한다
실은 나무가 집을 짓고 있는 것이다
심연의 허공에 뜨거운 실체의 충만함을 남기는.
도취와 나태 속에 취해 있는 듯하다가도
그림을 그리듯 하늘에
기하학적인 공간을 각인하는 나뭇가지

처음엔 가질 따라 움직이다가
어느덧 그 흔들림 관찰하는 나무의 눈
마침내 눈의 중심과 흔들리는 가지가
하나의 사이로 존재할 때
현기증 나는 그 공간과 시간을 채우며
숨 쉬고 물결치며 팽창하는 언어
완벽한
그러나 무익한 듯 보이는
물질적인 문장의 향기
그 힘으로 나무는 날아가는 새들 불러들이기도 하고
힐끗거리며 지나는 구름 얼굴 붉히기도 하고

—「시」 전문

손진은은 위의 시에서 그의 존재와 언어에 대한 관심을 극명하게 드러낸다. 「시」에 등장하는 "나무"는 김춘수의 "꽃"처럼 그의 존재론적 사유가 얹혀지는 사물이다. 그는 "나무"라는 사물이 존재의 열림을 경험하는 순간을 "나무가 집을 짓고 있는 것이다"라고 말한다. "바람이 불 때" 우리는 "가지가 흔들린다"고 말하지만 사실 나무는 "그림을 그리듯 하늘에" "심연의 허공에 실체의 충만함을 남기"고 있는 중이라는 것이다. 이러한 진술은 시인의 단순한 해석적 진술만이 아닌데, 그것은 "처음엔 가질 따라 움직이다가/ 어느덧 그 흔들림 관찰하는 나무의 눈"이 있다는 진술이 뒤따름으로 해서 "시인이 아닌 나무가 아닌 나무를 관찰한다"라는 진술에 도달함으로써 이중의 눈을 나무 앞에 놓고 있기 때문이다. 나무가 나무를 관찰한다는 말은 무슨 말인가? 그것은 나무가 나무인 제 스스로를 관찰함으로써 스스로 존재에 이른다는 말이다. 관찰한다는 말은 나무가 나무로서의 언어를 갖는다는 말이다. 나무가 언어를 갖는 순간을 그는 "마침내 눈의 중심과 흔들리는 가지가/ 하나의 사이로 존재할 때/ 현기증 나는 그 공간과 시간을 채우며/ 숨 쉬고 물결치며 팽창하는 언어"가 발생한다고 말한다. "눈의 중심"이라는 신적인 존재와 "흔들리는 가지"라는 사물 사이에서 언어가 팽창하는 것이라고 그는 말한다. 그리고 그 언어를 통하여 "물질적인 문장의 향기"인 시가 탄생한다고 말한다. 여기에서 물론 "나무"는 실제 "나무"가 아니다. "나무"라는 기호는 대상의 부재를 가리키면서 도처에 존재한다. 그러나 그 나무는 절대적 존재와 시인 "사이"에서만 자신의 존재를 어떻게 여는지 안다. 그리고 당연히 존재의 현존은 시인의 시적 사유 속에서 드러난다. 언어를 태동하게 하고, "문장의 향기"를 살려 내는 시는 "존재"에게 이름과 함께 거주할 장소를 제공한다. "나무"라는 이름과 "날아가는 새들 불러들이기도 하고/ 힐끗거리며 지나는 구름 얼굴 붉히기도 하"는 장소를.

그렇다면 존재자인 "나무"는 어디에 존재하는가? 즉, 존재와 언어, 사유와 시 쓰기, 시와 진리 가운데 시를 쓰는 시인은 어디에 존재하는가? 하이데거는 그곳을 사중구조 속이라고 말한다(Martin Heidegger, "Building Dwelling Thinking," Poetry Language Thought). 하이데거는 사중구조를 "지구 위이자 하늘 아래, 신들 앞이며 인간들 가운데" "사물들이 사물이 되어 가는 과정 속에 머무는 하늘과 지구, 인성과 신성의 통합된 사중구조, 우리가 세계라 부르는 곳" "공터, 개관지, 조명" 속이라 말하고, 손진은은 그곳을 "전율하는 숲이 반쯤은 솟아오르고/ 반쯤은 억누를 때"(「숲—서시」)라는 시간성으로 해명하거나, "수직 혹은 수평으로 혹은 그것을 둥글게 감싸는/ 언어의 표정"(「집 1」)이라는 공간성으로 해명한다. 말하자면 언어가 존재를 불러일으키고, 이름 지을 때, 즉 존재의 진실을 드러낼 때, 언어 혹은 시는 나무 혹은 시인을 그가 어디(시간과 공간의 열림 속)에 있으며, 그 자신이 누구인지를 알게 한다는 것이다. 이 순간 시인 혹은 나무는 "열려진 사물들 속에서/ 잎파랑처럼 알 수 없는 느낌으로" 떨거나(「숲—서시」), "사물들이 내게 손짓할 때/ 내 마음의 은사시나무/ 잎파랑을 흔들어 대는 설레임"(「스스로 열리기」)으로 서 있게 된다. 물론 이 원초적인 일은 손진은의 시에서처럼 시간 속에서 발생하고 역사적인 초석이 될 수 있다. 그리하여 시인은 세계 내에 존재하고 역사의식마저 지닌다.

3

나무에 이어 손진은이 관심을 갖는 단어는 "집"이다.

손진은에게 "집"은 언어로 지은 존재의 집이다.

> 증발되는 삶처럼 이루기사 어렵다고 하더라고
> 내 노래는 집을 짓는다
> 한번 잘못 건드리기라도 하면
> 모든 소리들 깨어나 새로운 몸짓으로 날아가 버리는 집
> 하강하고 상승하는 음률이 돌며 섞여 기둥을 이루고
>
> —「집 3」

그는 언어(노래)로 집을 짓는다. 그의 '존재'는 그가 노래로 집을 지을 때 드러난다. 그러나 그 "집"은 "잘못 건드리기라도 하면/ 모든 소리들 깨어나 새로운 몸짓으로 날아가 버리는" 위태로운 집이다. 그러나 그 집은 "마술적인 육체의 호흡"이라는 노래(시)에 의해 지어지며 "자음들의 거칠고 성급한 몸짓이/ 모음들의 따뜻하고 편안한 가슴에 기대어 안식을 찾는" 그런 집이다.

> 언어 스스로 집을 찾아 나서는 여행
> 그 오랜 행려 속에서 집이 한 채 지어진다
> 지상의 뜨거운 집 대신 언어의 육체가 들어가 쉬는
> 서늘한 집!
>
> —「집 1」

그의 집은 육체적 존재인 몸을 누이는 그런 집이 아니

라 그의 시적 사유 속에서 존재가 드러나는 그런 집이다. 그래서 그의 존재 자체는 언어와 사유 안에서 언어와 사유를 통하여, 철저히 추상적이고 파악할 수 없지만 궁극적인, 신비하게 현존하는 어떤 것으로 나타난다. 그것을 그는 언제나 "서늘한"이라는 형용사를 붙여 지상의 집과 구별한다. 물론 그 집은 "언어의 육체가 들어가 쉬는" 그런 집이다. 사람의 뜨거운 체온과 욕망 대신 언어의 서늘한 몸이 들어가 사는 그런 집이다.

공기처럼 가벼운 숨결을 가진 집들
자연! 하고 내가 외쳤을 때
그 소리의 파문 속에서
상처입은 말들 집을 지었지요

—「집 2」

시인의 시적 사유 안에서 "하늘"은 집이 되고, 사각의 "상자" 또한 집이 된다. 물론 하늘의 집은 시인의 언어가 사는 집이요, 상자의 집은 시인의 몸이 사는 집이지만, 시인의 사유가 가 닿으면 어느 집도 존재의 집인 시가 된다. 그래서 그의 집은 육체를 누이는 집이면서 동시에 상처 입은 언어를 누이는 집, 그러나 지상의 집이라는 형체를 버리지도 간직하지도 않은 그런 집, 언어가 사는, 상하로 부풀어 오르는 그런 집이 된다. 그의 집은 마치 해질녘 보이는, 빛과 어둠의 "사이"처럼, 시인의 언어가 다가갈 때 지어진다. "수직 혹은 수평으로 혹은 그것들 둥글게 감싸는 언어의 표정" 안에서 지어진다. 특히, 시인이 "자연!" 하고 그 이름을 불러 줄 때 공기처럼 가벼운 언어의 집은 지어진다. 여기에서 손진은의 언어가 김춘수처럼 퍼짐성을 갖는 언어라는 것을 알 수 있다. 그의 언어 또한 "존재의 가지 끝"에 매달려 떠는 기화성을 가진 가벼운 언어이다. 그러나 그의 언어가 김춘수와 다른 점은 그의 언어는 김춘수와 달리 일상성의 무게 위에 기초하고 있다는 사실이다. 말하자면 손진은의 언어는 의식적으로건 무의식적으로건(시인이 부정하든 안하든 간에, 부정한다는 사실은 이미 생각에 두고 있다는 말이지만) 지상의 집을 염두에 둔다는 사실이다. 김춘수가 그것마저 버린 것과는 달리.

4

반대로 그는 존재하는 사물이나 시인이 매일 스스로 보유하는 실존하는 양식, 그 평균적 삶의 모습에는 항상 '나태와 욕망'이란 이름을 붙인다. 그 예는 그의 시 안에서 무수히 많다. "나태와 욕망에 가볍게 취해 있는 미루나무"(「미루나무」), "나태와 욕망에 가볍게 물들어 있는 영혼들"(「콩깍지 혹은 집」), "도취와 나태 속에 취해 있는 듯하다가도"(「시」), "그러나 욕망은 나뭇결 상처를 굳게 한다"(「장작 패기」), "물(物)의 열반에 취해 허우적거리는 우리들 욕망"(「콩나물」), "나태와 무기력 속에 취한 존재를 흔들어" "나태와 욕망으로 물든 사물들 어깰 툭툭 치며"(「중심, 도처에 우글거리는」) 등등. 그의 시에 빈번히 사용되는 '나태와 욕망'은 다른 말로 '일상성'이라는 말로 대치될 수 있다. 그는 미루나무, 콩나물, 나무, 집 같은 사물들, 혹은 시인이 일상적 존재로 살아가다가도 어느 순간 갑자기 바람이 불어오고, 시인은 그 폭발(상하 운동)하는 존재를 목격하게 되거나 체험하게 된다고 말한다.

어떤 힘이 그를 잡아당기는 것일까
몇 남지 않은 햇살이 문을 두드릴 때
나태와 욕망에 가볍게 물들어 있는 영혼들
두근거리는 숨결로 술렁거린다
여린 빛줄기며 구름 이슬과 바람 속에서
그들 몸을 키울 때 따라 커 가는 집들
마침내 그 속의 현기증 나는 시간과 공간들이
참을 수 없이 팽창되고 집중될 때
그들은 폭발한다
허공으로 튀며 하늘을 찔러 버린다
오래 침묵하던 사람이 갑자기 말을 쏟아 놓듯
가장 힘 있는 탈출은 가장 압축된 존재에서 이루어지는 것
꿈꾸는 영혼에게 감옥을 만들어 보라
세계가 단단할수록 우리는

그 속에 늑대 한 마리 키우는 것이다
덥석 우리 허튼 인식의 벽을 허물어 버리는

—「콩깍지 혹은 집」 전문

위의 시에서 보이듯 손진은의 시에서 존재자가 존재를 말하는 순간은, 나태와 욕망→바람·햇빛이 옴→불어남(상하, 좌우)→폭발(인식의 벽 허물기)→존재자의 존재 확인 또는 시(언어의 집)가 완성되는 순서로 일어난다. 이 순서를 꽃이 피는 것에 비유한 시(「꽃피는 소리」)를 보면, 광택 없는 나날→섬광처럼 존재의 항구 열림→기호의 경계선 지우기→부재 속에 말들 솟아남→꽃이 솟아오름의 순서가 된다. 그러나 「꽃피는 소리」에선 "꽃이 열리고 있었다"라는 첫 행에 의해 시작(詩作)이 이미 예정되어 있다고 되어 있다. 말하자면 "광택 없는 나날" 속에서도 언어는 갇혀 있음으로 "폭발"을 스스로 예정하고 있다는 말이다. 그의 시에 나타나는 '나태와 욕망'은 시간적으로 스스로를 신장시키는 힘이다. 다시 말하면 '나태와 욕망'은 현존재의 존재가 언어로 말해질 수 있는 가능태로서 존재하고 있다고 봐야 한다. 시인에게 일상성이라는 것은 가치 없는 것이 아니라 존재를 '개시'해 줄 수 있는 상태로서 압축되는 것이다. 그것도 섬광처럼 열리는, 혹은 폭발하는 순간을 예비하는 가능태가 되는 것이다.

5

이럴 때 그의 시에 나타나는 시간관을 엿볼 수 있다. 인간은 나날의 사건과 문제 속에서 모든 것을 잊어버린 채 '나태와 욕망' 속의 '광택 없는 나날'을 보낸다. 그때 현재는 함정이며 흙 속으로 "빨려 들어가"(「여름 무논」)는 시간이다. 그러나 앞에서 보듯 그 함정은 미래를 품은 현재로서 있다. 물론 이런 현재는 시인에게 '사실성'을 가진 현재일 것이다.

만일 손진은에게 '존재를 여는 시인'이란 이름을 붙여 주는 것이 가능하다면, 그것은 그가 미래를 사실성, 일상성 속에 끌어들여 와 현존 자체를 순간적으로 여는 언어 행위 때문에 그렇게 이름 붙여 줄 수 있을 것이다.

그의 시에 운동하는 주체는 드물다. 그의 시의 주체는 '시간은 운동이다.'라는 아리스토텔레스의 명제를 거부한다. 그의 시의 주체는 정지의 지속 속에서 열리는 주체이다. 마치 그것은 "땀"이 "포장지로 싸듯" 몸을 감고 나오듯이, "안"이 "한번쯤 몸을 위해" "밖"이 되어 주는 그런 모습을 지닌, 열림의 순간 동작을 보여 주는 주체이다(「이럴 때 내 몸은 그 문을 살짝 열어」). 그러니깐 "땀"이 몸 밖으로 열리는 순간을 위해 그의 현재적 사실성 "덥다 덥다"가 있는 것이다.

알 수 없는 그늘과 향기 속에

서늘히 스며들다가 드디어는 우리들 의식이
작은 입자가 되어 떠돌 때
우리들 보이지 않는 눈길의 더께 벗겨지며
문득 살아 있다는 느낌 온몸으로 전해 오고
전통이며 추억이라는 것도
우리들 핏줄 그렇게 풀무질해 대며
새벽하늘처럼 동터 오는 것

—「먼지의 유혹-선친 서재에서」

일상성과 관련해서 시인이라는 한 존재자가 실존하면서, 그의 현존을 개시하는 순간은 미래에 의한 열림과 함께 과거에 의한 열림을 동반한다. 이때 마음과 시간과 삶은 같은 언어이다. 현존하는 마음속에서 움직이는 생각이, 움직이는 마음이 움직이는 시간을 갖는 것이다. 그래서 그는 운동하는 주체일 필요가 없는 것이다. 그는 미래에 의해 열리는 현존재가 과거를 갖도록 장치한다. 아니 장치하는 것이 아니라 스스로 사유하는 사물과 접목된다. 삶의 시간성의 어떤 '사이'에서 그의 존재가 열린다. 한 인간은 밖으로는 세계 내 존재지만 안으로는 시간적 존재이다. 그는 과거를 통한 열림을 말할 때 '전통'이란 말을 쓴다. 위의 시는 시인이 선친의 서재에 들어가 "시간의 시퍼런 살들 다 마"신 책장이며 장롱 들을 보는 것으로 시작해서, "전통" 혹은 "추억" 같은 것들이 "새벽하늘"을 발견해 내는 것으로 종결을 짓는 시 구조를 갖고 있다.

즉, 과거의 시간이 현재화된 미래의 시간을 여는 것으로 마무리되어 있다. 이미 거기 있던 시간이, 도래하는 시간을 통해 "우리들 핏줄 그렇게 풀무질해 대며" 시인의 현재 시간을 여는 것이다. 그러니깐 이 시에서 선친의 서재는 과거, 기재(旣在)의 시간의 공간화로 존재하고, 시인의 현재에 의해 그 공간은 현재 속에서 수직으로 열린다. 미닫이문이 열리듯.

이렇게 손진은의 시에서 언어는 시인의 존재를 존재하도록 하고, 그것이 또 시간을 열어 역사를 열게 하는 구실을 한다. 말하자면 그의 시 쓰기가 역사를 우리 안에 현현하는 초석이 되는 것이다. "전통"은 우리에게 죽은 진리들("아침마다 쓰레받기에 담겨지는/ 우리가 역사라고 부르는" 것)에 불과한 것을 보존하게 ("빗자루 촘촘한 올 빠져나와 구석으로 이살 왔으리") 한다. "전통"은 우리에게서 진리를 감추고 빼앗았지만, 그래서 망각 속에 진정한 기원들을 감추고 먼지로 뒤덮었지만, 다른 한편으로 "전통"은 존재와 역사적 진리의 순간으로 돌아가는 길을 우리에게 제시한다.

그의 전통에 대한 탐구, 역사적 시간의 현재화는 「초당독서도」, 「우화등선」, 「중세어 시간」, 「은해사에서」, 「깡통」, 「불도저」 같은 시에서 매우 전형적으로 드러난다. 「중세어 시간」의 "수세기를 달려오다 책갈피에 잠들었던 시간은/ 우리들 맥박 속에 깨어나고" 같은 표현이나, 「초당독서도」에서 "그는 독서하는 풍경을 그린 게 아니라/

선비의 생애를 그렸다 지울 수 없는 뜨거운 한 포기” 같은 표현, 「우화등선」의 “왔던 길 되돌아 안쪽으로 걸어 들어가는 여행/ 마침내 그녀 틀고 앉아/ 누에처럼 실을 뽑을 것이야/ 뚫고 나올 것이야” 같은 표현은 모두 “전통” 속의 인간, 기재했던 인물을 세계 내 존재로 보고 그들을 시간과 그의 유산 속에 가두어 놓음으로써 그들에게 현재 속의 생명을 다시 부여하는 계기를 만든다. 잊혀진 그림 속의 존재나 사라진 과거 속의 사람들의 존재에 대한 근원적 해명을 하게 되는 것이다.

그러므로 그의 시에 나타난 사물, 사람들은 시간 속에서 시간과 더불어 시간을 통해 거주하면서 그의 시작(詩作)에 의해 열리고 살아남는다. 그래서 그는 시, 즉 언어가 역사와 존재와 시간과 진리의 기초이며, 원천이라고 생각한다. 그는 시로써 역사적 존재와 도래할 존재의 실존을 불러낸다. 그러므로 그의 시의 현재는 역사적 현재이고, 영원한 현재이다.

그렇다면 그의 시 밖에는 무엇이 존재하는가? 아무것도 없다. 부재 또한 그의 시 안에 있다. “부재 속에서 눈뜨는 검은 진주, 말들”(「꽃피는 소리」), “그대는 부재를 안고 쩔쩔맬 터이지만/ 예기치도 않은 순간에 그들 존재 열어 줄 때/ 나뭇결 피 속에 새겨져 나오는 몇 마디의 말들/ 현존의 뜨락으로 그댈 데려가리라”(「장작 패기」) 같은 진술은 모두 부재 안에서 그의 언어가 싹터 오름을 말함으로써 부재 또한 사물, 그 자체 안에 있음을 주장한다. 그리하여 그는 근심을 근심하지 말라고 주장하는 듯하다. 왜냐하면 현존재는 무관심이 아니라 근심함으로써, 부재에 대한 불안에 잠겨 "쩔쩔맴"으로써 비로소 '현존'을 열기 때문이다.

6

역사나 전통이 혹은 미래나 도래할 열림이 가능한 것은 모두 시인의 시작을 통한 사유로 말미암은 것이다. 그러기에 손진은은 당연히 언어에 관심을 기울이지 않을 수 없다. 즉, 존재자에게 거주할 장소와 이름을 주는 것은 언어이기 때문이다. 그러나 언어의 주인은 사고하는 시인 자신의 것이 아니다. 이 글의 제일 서두에 인용한 「시」라는 시를 보라. 그의 시에 등장하는 모든 '나무'와 '집'들은 모두 자신들의 의지로 공중에 자신들의 상형문자를 새기고 스스로 열리며, 스스로 부풀어오른다. 그의 시의 주인은 시인이 아니라 언어이다. 사물 그 자체가 아니라 언어이다. 그의 시에 나타난 나무는 '없는 나무'이며 집은 '없는 집'이다. 그러므로 그의 나무는 순간적으로 사라질지도 모를 언어의 나무이고, 그의 집 또한 언어의 집이다. 왜냐하면 그의 시에 나타난 존재자는 존재자들 가운데 하나의 존재자를 구별해 낼 수 있는, 그런 '지상적' 존재가 아니다. 그의 집은 '지상의 집'이 아닌 것이다. 존재는 존재자들 가운데 멈출 수 있는 실존 자질도 아니다. 부재는 본질적으로 존재 자체 내에서 발생하기 때문에 우리는 존재를 지상적, 일상적 존재자들 가운데 하나의 존재자로 분간해 낼 수가 없다. 우리는 지상의 수많은 집들 가운데 하나의 집인, 그의 집을 분간해 낼 필요도, 그럴 수도 없다. 그것을 할 수 있는 것은 언어를 통해, 언어로서만 가능하다. 언어로서만 그의 집은 지어지고, 그의 나무는 흔들리며, 자신을 드러낸다. 그 반대 또한 마찬가지다. 비실재하고 사라지며, 곰국 속의 고깃덩어리처럼 백철 솥을 향해 뛰어드는 인간(「곰국」)들의 모습도 언어로써만 살려 낼 수 있다. 물론 이때 언어는 도구, 수단이 아니라 언어 그 자체다.

그렇다면 그의 시에서 시인의 존재는 무엇인가? 그의 시를 통해 보면, 존재의 진리가 언어 속으로 들어오면 그는 사유하는 언어로써 언어에 접근한다. 그는 존재를 사유함으로 아무것도 아닌 것을 사유하는지도 모르겠다. 그래서 그는 미래와 과거를 품은 현재가 부풀어오른 나무로서 텅 빔을 우리에게 보여 준다. 그의 시의 정점은 언제나 '텅 빔', 무시간성의 한순간이다. 아니다. 그 사라짐의 세계 바로 직전, "꽃이 하나 불쑥 떠"(「꽃피는 소리」) 오르는 세계이다.

> 소리는 의미의 두꺼운 형체를 깬다
>
> —「집 1」

개구리 울음이
넘어지는 풀꽃의 혼 이끌고
그것을 보는 내 슬픔마저 이끌어

—「어느 생애 1」

흙 속으로 빨려 들어간다 그때다
사방에서 떼를 지어 반항하는 개구리 울음
격전이다

—「여름 무논」

그것을 보는 내 눈길이
꺼질 듯한 한숨처럼 기쁨,이라고 흐느낄 때
의미를 앞질러
저 무한으로 트이는 소리의 행렬!

—「소리, 한숨처럼 트이는」

꿈틀거리며 기어오르는
자신의 몸을 찢어 존재를 확산시키는
육두문자

밤이면 그는 한 뼘씩이나 커진 파문을 그리며
울기 시작했다
스스로를 녹여 정서와 의미를 넓혀 나가는 울음

—「담쟁이덩굴 하나의 시」

그의 언어에 대한 관심은 의미보다는 소리에 대한 관심이다(「집 1」). 그는 의미보다 소리에 신성한 가치를 두고, 소리의 주술성을 믿는다. 그는 인식론자가 아니므로 의미에는 관심이 없다. 그의 말은 지상의 것이 아니지만 실존의 유한성을 갖는다. 그러므로 아름다움을 깔아뭉개, 흙 속으로 집어넣는 쟁기에 반항하는 것은 개구리가 아니라, 개구리의 몸이 아니라, 개구리의 '울음소리'다(「여름 무논」). 또한 떠올릴 수 없는 풀꽃의 한 생애가 흙 속으로 빠져 들어가는 것을 소리내어 울어 주고, 시인의 슬픔마저 이끌어 아지랑이가 되어 주는 것(「어느 생애」) 또한 소리(개구리 울음소리)이다. 그는 죽음과 소멸에 대항하는 유일한 것으로서 언어, 그중에서도 소리를 내세운다. 말하자면 순간순간 다른 소리를 내는 시니피앙이 의미를 넘어 무한으로 가는 유일한 것(「소리, 한숨처럼 트이는」)임을 그는 안다. 그러므로 유일한 실존성을 가진 인간이 존재를 확산시키는 유일한 길은 육두문자인 소리를 통해서만 가능하다고 믿는다. 그 다음 의미나 정서가 생길 수도 있을 것이다. 소리가 의미와 정서 이전에 사물(「담쟁이덩굴 하나의 시」)에 다가가야만 비로소 사물의 존재는 열린다는 생각이다. 그것도 어느 일점의 한순간. 그 순간은 마치 플로티노스(Plotinos)가 영원은 점과도 같고, 빛을 내뿜은 방사와도 같다라고 말한 것처럼, 영원을 내뿜는 현재의 한 극점의 시간 존재는 열린다는 생각이다.

세계 속에 던져진 인간으로서의 시인은 자신의 사유를

통해 한순간도 끊임이 없으나, 자신의 실존 또한 무한하지 않음을 발견한다. 그는 그의 실존 안에서 부재하는 존재, 혹은 자기를 상실한 현존재인 일상인을 발견했으며, 그 발견의 순간, 불안과 근심 속에서 소리를 내지른다. "자연!"이라고. 그것은 본래적인 자기에게로 자기를 내던지는 시작 행위임은 두말할 필요가 없다. 그리고 그것 또한 순간을 통해 사라지는 빛임을 그는 안다. 그러나 그것이 영원을 품은 순간이라는 것도 그는 안다.

마지막으로 손진은의 시는 시를 위한 시, 시에 의한 시라 불러도 좋으리라. 그의 시는 메타-시이다. 그러나 나는 끊임없이 의문에 시달린다. 형이상학을 위해 시가 바쳐질 때 사물과 시인의 정서는 어디쯤 위치해야 하는가? 진정으로 denken과 dichten 사이에는 아무런 간극이 없는가?

(필자: 시인·문학평론가)

손진은

1959년 경북 안강 노당에서 태어났다.
경북대학교 국문학과를 졸업하고 동 대학원에서 박사 과정을 수료했다.
1987년 《동아일보》 신춘문예에 「돌」이 당선되어 등단했다.
시집 『눈먼 새를 다른 세상으로 풀어놓고』가 있다.
경주대학교 문예창작학과 교수로 재직 중이다.

두 힘이 숲을 설레게 한다

1판 1쇄 펴냄 1992년 4월 30일
개정판 1쇄 찍음 2007년 4월 16일
개정판 1쇄 펴냄 2007년 4월 20일

지은이 손진은
편집인 장은수
발행인 박근섭
펴낸곳 (주) 민음사

출판등록 1966. 5. 19. 제16-490호
서울시 강남구 신사동 506번지 강남출판문화센터 5층 (우)135-887
대표전화 515-2000 / 팩시밀리 515-2007
www.minumsa.com

값 7,000원

ISBN 978-89-374-0502-0 03810